Épitre

A

M. CASIMIR DELAVIGNE.

Le Public et l'Académie.

Les sots, depuis Adam, sont en majorité.

CASIM. DELAV., à MM. de l'Ac. Fr.

A PARIS,

CHEZ RENARD, LIBRAIRE, RUE SAINTE-ANNE, N° 71,

ET CHEZ LES MARCHANDS DE NOUVEAUTÉS

M DCCC XXIV.

IMPRIMERIE ET FONDERIE DE J. PINARD, rue d'Anjou-Dauphine, n° 8.

ÉPITRE

A

M. CASIMIR DELAVIGNE.

 Épitre

A

M. CASIMIR DELAVIGNE.

Le Public et l'Académie.

Les sots, depuis Adam, sont en majorité.

Casim. Delav., à MM. de l'Ac. Fr.

A PARIS,

CHEZ RENARD, LIBRAIRE, RUE SAINTE-ANNE, N° 71,

ET CHEZ LES MARCHANDS DE NOUVAUTÉS

M DCCC XXIV.

ÉPITRE

A

M. CASIMIR DELAVIGNE.

LE PUBLIC ET L'ACADÉMIE. [*]

Dans le siècle où Louis au joug de sa puissance

Par la main des beaux arts sut enchaîner la France,

Et qui fut, nous dit-on, pour ses heureux sujets

Le règne de Saturne, à l'égalité près,

Le mauvais goût souvent, d'accord avec l'envie,

Applaudit l'ignorance et siffla le génie;

[*] On ne croira pas sans doute que l'auteur ait eu l'intention de renouveler contre l'Académie des épigrammes usées : il respecte trop un corps qui compte parmi ses membres des hommes tels que MM. Châteaubriand, Raynouard, Villemain, etc. Il pense seulement que M. Casimir Delavigne devait avoir une place parmi eux.

Et l'on vit, dans cet âge et frivole, et dévot,

D'admirables auteurs, mais un public bien sot.

En faveur, à la cour et du peuple vantée,

D'Homère-Chapelain la muse fut rentée;

Tandis que La Fontaine oublié, sans honneur,

Sans *fonds* ni *revenu*, n'eut point de protecteur;

Que dis-je? du public la faveur consolante

Vient à peine au secours de sa gloire indigente;

Il vécut en proscrit, et dans l'obscurité

Malheureux, il cacha son immortalité.

A l'égal de Sophocle admiré du vulgaire,

Pradon pour l'applaudir trouva tout un parterre;

Et bientôt Rambouillet, chef-lieu du bel esprit,

Appela dans son sein le poëte en crédit.

Racine, d'un chef-d'œuvre enrichissant la scène,

De ce honteux succès veut venger Melpomène;

Hélas! Phèdre, en cinq jours expirant de langueur, *

D'une orageuse mort n'eut pas même l'honneur;

Phèdre, sans auditeurs, haranguant les banquettes,

De Cléopâtre à peine égala les recettes;

Et de sa seule voix, au lieu des doux bravos,

Dans la salle déserte entendit les échos.

Paris fut pour Pradon, mais Boileau pour Racine;

Et lorsqu'on admirait l'insipide héroïne

De l'auteur qui d'un style et barbare et diffus

Une seconde fois mutila Régulus;

Despréaux, flétrissant cette indigne victoire,

Du poëte outragé sut proclamer la gloire,

Et de loin lui montrant son immortalité,

Appela de son siècle à la postérité.

* Phèdre, à sa naissance, n'eut que cinq représentations.

Lavigne, j'en conviens, oui, le siècle où nous sommes

Quoique plus éclairé, compte moins de grands hommes;

Mais il les connaît mieux; en lauriers, en argent,

Il s'empresse à payer leur mérite comptant,

Et ne veut point laisser les Français d'un autre âge

Acquitter le tribut d'un trop tardif hommage.

Nos aïeux se montraient, en adroits courtisans,

Du talent en disgrâce admirateurs prudens :

Pour chérir un artiste, applaudir un poëte,

Le public n'attend plus qu'un commis le permette;

Moins pour le protéger nos Mécène ont d'ardeur,

Et plus, de ses succès rebelle admirateur,

Paris chérit sa gloire, et, prenant sa défense,

La venge des mépris d'une injuste Excellence.

Un auteur par Thémis se voit-il condamné,

Le public à le lire en est plus obstiné.

Paris, de leur prison consolant les *hermites*,

Leur rend chez Ladvocat d'agréables visites,

Et d'un zèle attentif chez le nouveau Barbin

Pour les complimenter accourt l'argent en main ;

De leur talent captif, sa juste impatience

Salue, en souscrivant, l'heureuse délivrance.

Sur un sol étranger lorsqu'un exil cruel

Transplante les lauriers du nouveau Raphaël,

Qui, donnant à son art la liberté pour guide,

Peignit du fier Brutus la vertu parricide,

Qui, des anciens héros consacrant les hauts faits,

Du grand Léonidas sut retrouver les traits,

Et qui fit sur son front, par une audace heureuse,

D'avance rayonner sa mort victorieuse,

Notre admiration, depuis des mois entiers,

De *Mars* et de *Vénus* acquitte les loyers,

Et, ne pouvant du sort réparer les outrages,

Pour consoler l'auteur contemple ses ouvrages.

Un grand homme a toujours de nombreux défenseurs;

Mais l'ignorance aussi compte des protecteurs;

La sottise a des croix; le talent des suffrages;

Elle obtient des honneurs, il reçoit des hommages.

Je sais qu'à l'Institut, on voit un grand Seigneur,

Grâce à ses parchemins, élu littérateur;

Nos quarante immortels, peut-être par envie,

A leur porte souvent consignent le génie;

Et Conrard triomphant en a franchi le seuil : *

De sa vanité seule emplissant son fauteuil,

Ce grand homme inédit, fier d'un prudent silence,

* Fameux académicien, du temps de BOILEAU, qui n'avait rien écrit.

Veut de lauriers brodés parer son ignorance.

Mais chacun montre au doigt ces beaux esprits titrés

Des palmes d'Apollon gravement décorés,

Parasites intrus du sénat littéraire,

Qui, n'exerçant jamais leur talent honoraire,

Des immortels défunts avides successeurs,

N'ont pas même l'esprit d'être de sots auteurs.

Là, de même autrefois, un cardinal, un comte,

Près du mérite assis le coudoyaient sans honte;

Il fallait, pour entrer au temple d'Hélicon,

Courtiser Maurepas et non point Apollon.

Cet heureux temps revient, les vieux abus renaissent;

Et déjà des beaux arts les Sultans reparaissent.

Le fauteuil maintenant est un lit de repos

Où dorment fièrement des pédans ou des sots.

Virgile est candidat, c'est Mévius qu'on nomme;

De l'urne académique il est sorti grand homme.

Mais on raille en tous lieux ceux dont l'indigne choix

Du talent roturier méconnaissant les droits,

Livrant aux gens de cour les arts et les sciences,

Repeuple leur palais de Ducs et d'Eminences.

Racine d'un parterre entendit les sifflets;

Boileau seul du public réforma les arrêts;

Mais la France t'admire, et sa voix me dispense

Du soin de te rimer une condoléance,

Lavigne, et par bonheur pour ce siècle et pour moi,

Je ne suis pas forcé d'être un Boileau pour toi.

Eh! qu'importe en effet à ton brillant génie

Qu'il n'ait pas su toucher la docte confrérie?

Tous les soirs Idamore, Hortense, Procida,

Te vengent des mépris que ta gloire essuya.

Pour lire tes beaux vers Paris court et s'empresse;

Et l'heureux Ladvocat, te présentant sans cesse

Le suffrage public sur son registre écrit,

De ton utile veine implore un nouveau fruit :

Au quartier Saint-Germain, ta muse libérale

Sait charmer d'un marquis l'oreille féodale;

Et toi seul, en un mot, par l'attrait de ton nom,

D'un public lucratif peux remplir l'Odéon.

Rien ne manque à l'auteur dont on lit les ouvrages;

Il peut de l'Institut dédaigner les suffrages.

Comme un vil histrion, Molière repoussé

Au nombre des élus ne fut jamais placé;

L'académie enfin, offrant à sa mémoire *

L'hommage trop tardif d'un vers expiatoire,

* L'académie décerna à Molière un éloge public, et plaça son buste chez elle avec cette inscription :

Rien ne manque à sa gloire; il manquait à la nôtre.

Lorsque dans le cercueil la mort l'eut enfermé,

Admit pompeusement son buste inanimé;

Plus tard, du Métromane elle exclut l'éloquence;

Son esprit sur la tombe a gravé sa vengeance.

Voltaire, à cinquante ans, par insigne faveur,

Du brevet de grand homme obtint enfin l'honneur.

Va, l'Institut n'est pas le temple de mémoire;

Sans passer par sa porte on arrive à la gloire.

Fais revivre à ta voix les Grecs de Marathon;

Ceins d'un double laurier la tombe de Byron;

Que cette liberté, si chère à sa grande âme,

D'un poétique feu te saisisse et t'enflamme.

Du classique bon sens partisan routinier,

Du goût, avec Boileau, suis toujours le sentier;

Disciple des anciens, du style romantique

Combats par tes succès la sottise exotique;

Et des lauriers nouveaux, en couronnant ton front,

D'un indigne revers vont réparer l'affront.

L'injustice souvent éveille le génie.

Le succès de Pradon nous valut Athalie.

Mais Racine après Phèdre a sommeillé quinze ans ;

Hélas ! pour te venger n'attends pas si long-temps !

IMPRIMERIE ET FONDERIE DE J. PINARD,
RUE D'ANJOU-DAUPHINE, Nº 8.

9 782014 068184